Heinz Pahl

Dor weer eenmal ...

*33 mol op Platt,
för Jung un Old,
för jeden watt!*

Wenn du di Gedanken mookst öber dat, wat dien Herrgott schafft hett in Tiet un Ewigkeit, denn kummt dien Seel to Roh.
                           Hinrich Gerken

Dor weer eenmal ...

33 mol op Platt,
för Jung un Old,
för jeden watt!

Bibliographische Information der
Deutschen Nationalbibliothek.
Die Deutsche Nationalbibliothek
verzeichnet diese Publikation in
der Deutschen Nationalbibliographie; detaillierte bibliographische
Daten sind im Internet über
http://dnb.d-nb.de abrufbar.

Copyright © 2011
by Heinz Pahl
Fotos und Bilder: Heinz Pahl
Neuauflage: Mai 2019

Herstellung und Verlag:
Books on Demand,
Norderstedt
ISBN 9 783734 779503

Dor weer eenmal ...

Inhalt

1. ... en lüttje Mann	S. 7
2. ... en lüttje Muus	S. 8
3. ... en lüttje Hund	S. 9
4. ... en lüttje Lünn	S. 10
5. ... en lüttje Deern	S. 11
6. ... en lüttjes Peerd	S. 12
7. ... en lüttje Koh	S. 13
8. ... en lüttje Heerd	S. 14
9. ... en lüttje Floh	S. 15
10. ... en lüttje Oven	S. 16
11. ... en lüttje Buddel	S. 17
12. ... en lüttje Döör	S. 18
13. ... en lüttje Swienegel	S. 19
14. ... en lüttje Kist	S. 20
15. … en lüttje Stroot	S. 21
16. … en lüttje Tiet	S. 22
17. … en lüttjes Huus	S. 23
18. … en lüttje Stohl	S. 24
19. … en lüttjes Book	S. 25
20. … en lüttje Fru	S. 26
21. … en lüttje Mann	S. 27
22. … en lüttje Lamp	S. 28
23. … en lüttjes Broot	S. 29
24. … en lüttje Jung	S. 30
25. … en lüttje Bloom	S. 31
26. … en lüttje Katt	S. 32

Dor weer eenmal ...

27. … en lüttje Brill   S. 33
28. … en lüttje Ring   S. 34
29. … en lüttje Breev   S. 35
30. … en lüttje Törn   S. 36
31. … en lüttje Leev   S. 37
32. … en lüttje Dans   S. 38
33. … en lüttje Hütt   S. 39

Dor weer eenmal ...
en lüttje Mann

1.

Dor weer eenmal en lüttje Mann
De harr ganz korte Büxen an
Un stünn vör't Hus so ganz alleen
An Ovend har he kole Been.

Dor weer eenmal ...
en lüttje Muus

2.

Dor weer eenmal en lüttje Muus
De keem eendags in't Stormgebruus
Flöög hoch in enen olen Boom
Dor har se enen schönen Droom.

Dor weer eenmal ...
en lüttje Hund

3.

Dor weer eenmal en lüttje Hund
De lööp von Huus so manche Stunn
Sien Lüüd harr he so ganz vergeten
So kreeg he ovends nix to freten.

Dor weer eenmal ...
en lüttje Lünn

4.

Dor weer eenmol en lüttje Lünn
De söcht en Platz in warme Sünn
Ganz boben op'n hoge Steen
Dor kunn de Sünn em beter sehn.

Dor weer eenmal ...
en lüttje Deern

5.

Dor weer eenmol en lüttje Deern
De har 'n roten Appel geern
Man bums keem ehr dat in Kopp
Se keek em an un eet em op.

Dor weer eenmal ...
en lüttjes Peerd

6.

Dor weer eenmol en lüttjes Peerd
Dat slog mit sülvergrauem Steert
No ene dicke swatte Fleeg
De denn ok nich mehr pieken dee.

Dor weer eenmal ...
en lüttje Koh

7.

Dor weer eenmol en lüttje Koh
De leeg in Stall op blanke Stroh
Un dach mit riesengrote Freid
Nu geiht bald rut op gröne Weid

Dor weer eenmal ...
en lüttje Heerd

8.

Dor weer eenmol en lüttje Heerd
De weer för Grethe Goldes Weert
Sien Leevdaag schall man nich vergeten
He mookt för alle warmet Eten.

Dor weer eenmal ...
en lüttje Floh

9.

Dor weer eenmol en lüttje Floh
De seet in Stall op en Klapp Stroh
Dor dach he all de tid doran
Wonnehr he ornlich pieken kann.

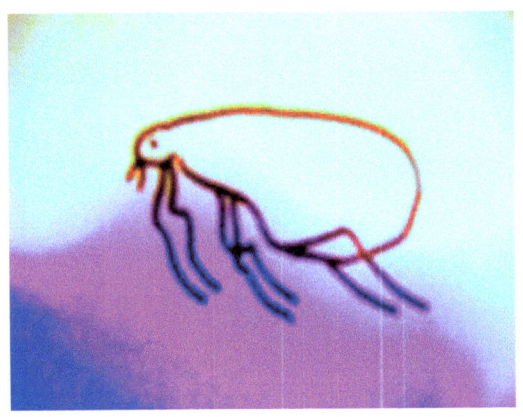

Dor weer eenmal ...
en lüttje Oven

10.

Dor weer eenmol en lüttje Oven
De geev de Warm för ünn un boven
Dat Huus weer blot alleen för Kloos
In Sommer har de Oven Poos.

Dor weer eenmal ...
en lüttje Buddel

11.

Dor weer eenmol en lüttje Buddel
De weer de beste Frünn vun Kuddel
He nehm se an den Mund bi Dag
Un af un to ok in de Nacht.

Dor weer eenmal ...
en lüttje Döör

12.

Dor wöör eenmol en lüttje Döör
Dor stünn en Minsch ganz lang dorvör
He mookt sik bannig veel Gedanken
De Döör güng op un he kunn danken.

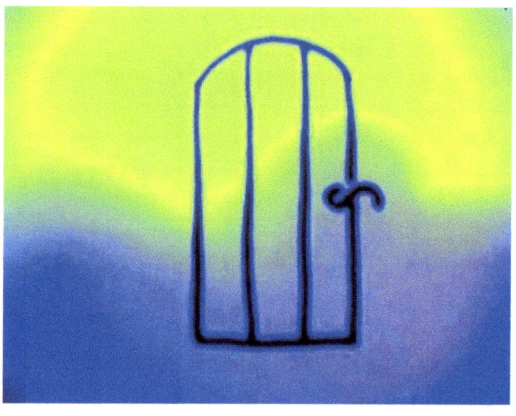

Dor weer eenmal ...
en lüttje Swienegel

13.

Dor weer eenmol en lüttje Swienegel
De har för sick de klore Regel
Stoh ik op en hohen Knüll
Kiek ik wieter as ik will.

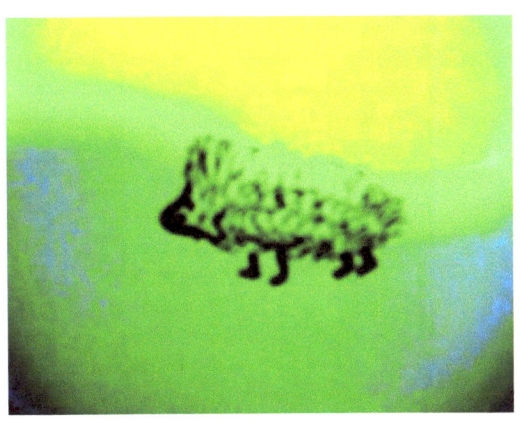

Dor weer eenmal ...
en lüttje Kist

14.

Dor weer eenmol en lüttje Kist
Dor leegt en Mann mit ganz veel List
Sin Gold rin un dat weer ganz echt
En Deef keem un nöhm allens weg.

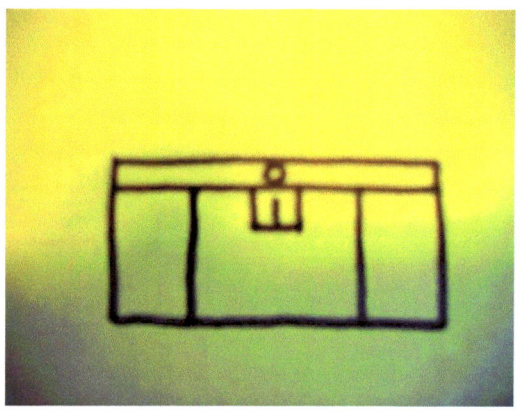

Dor weer eenmal ...
en lüttje Stroot

15.

Dor weer eenmol en lüttje Stroot
Wo Minschen no de Arbeit goht
Dor sünd se dann so över Daag
No Huus koomt se denn vör de Nacht.

Dor weer eenmal ...
en lüttje Tiet

16.

Dor weer eenmol en lüttje Tiet
Dor harn de Minschen Freud un Fried
De Tiet güng bannig gau forbi
Nun sünd de Minschen nich mehr frie.

Dor weer eenmal ...
en lüttjes Huus

17.

Dor weer eenmol en lüttjes Huus
Dor kunn man eten Appelmuus
Un achterna twe Heiße Wecken
Dat reckt, denn mutt man wieter trecken.

Dor weer eenmal ...
en lüttje Stohl

18.

Dor weer eenmol en lüttje Stohl
Sett di dol un schon de Sohl
Un no en Tiet, en lütten Stund
Steihst du op un geihst rund.

Dor weer eenmal ...
en lüttjes Book

19.

Dor weer eenmol en lüttjes Book
To lesen weer dor liekers noog
Un veele keeken inne Sieden
Dat kann dat Book noch beter lieden.

Dor weer eenmal ...
en lüttje Fru

20.

Dor weer eenmol en lüttje Fru
De putz de Finster gau in Nu
Mit ene lange Stang un Schwamm
Keem se an alle Finster ran.

Dor weer eenmal ...
en lüttje Mann

21.

Dor weer eenmol en lüttje Mann
De keem nich an den Döörgreep ran
Dor stell he sik op enen Stohl
De Döör güng op, dat glövst du wohl.

Dor weer eenmal ...
en lüttje Lamp

22.

Dor weer eenmol en lüttje Lamp
De geev ehr Licht de Straat henlang
Bi Nacht weer dat so richtig hell
För di un mi un de Mamsell.

Dor weer eenmal ...
en lüttjes Broot

23.

Dor weer eenmol en lüttjes Broot
Dat weer för vele Minschen goot
Dat weer nich week un ok nich stark
Keen Broot to hebben, dat is hart.

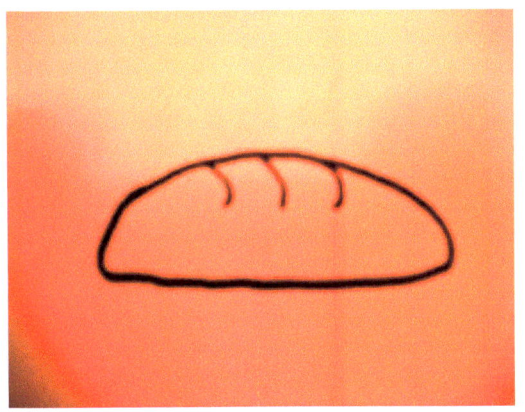

Dor weer eenmal ...
en lüttje Jung

24.

Dor weer eenmol en lüttje Jung
De Lüüd de sä'n, he is ganz dumm
In enen langen Levensloop
Blev he ganz rik un bannig klook.

Dor weer eenmal ...
en lüttje Bloom

25.

Dor weer eenmol en lüttje Bloom
De stünn dicht bi'n groten Boom
Un strohlt mit geele Farven hell
Nu koomt de Immen richtig snell.

Dor weer eenmal ...
en lüttje Katt

26.

Dor weer eenmol en lüttje Katt
De seet in Regen un bleev natt
Dat Woter kann se nich verdregen
En Tiet lang mutt se sik denn plegen.

Dor weer eenmal ...
en lüttje Brill

27.

Dor weer eenmol en lüttje Brill
De seet op ene Näs ganz still
Dormit kann man no See rutkieken
Glieks achtern hoge, gröne Dieken.

Dor weer eenmal ...
en lüttje Ring

28.

Dor weer eenmol en lüttje Ring
De op'n rechten Finger hüng
Un hörs to ene junge Fro
De söcht en Ring mit Mann dorto.

Dor weer eenmal ...
en lüttje Breev

29.

Dor weer eenmol en lüttje Breev
Dorin stünn wat vun groote Leev
Dat is en wichtig Ehrverspreken
So wat dörv man ni nich vergeten.

Dor weer eenmal ...
en lüttje Törn

30.

Dor weer eenmol een lüttje Törn
Mit Annagrethe un mit Jörn
De Reis güng in dat Ole Land
Wo Jörn de Fru beed om ehr Hand.

Dor weer eenmal ...
en lüttje Leev

31.

Dor weer eenmol en lüttje Leev
De sick in twe Vorleefte geev
De Leev bleev groot un stark un rank
Un heel sik fast en Leben lang.

Dor weer eenmal ...
en lüttje Dans

32.

Dor wöör eenmol en lüttje Dans
Alleen för Tine un för Hans
In Arm ganz eng kunn se sik holen
Een Dans is ok wat för de Olen.

Dor weer eenmal ...
en lüttje Hütt

33.

Dor weer eenmol en lüttje Hütt
Dor haarn twe Minschen grootes Glück
Se weern tosamen, haarn sick leev
Dat maakt nix, wenn de Hütt is scheef.

Weitere Bücher von Heinz Pahl unter:

www.ontherock.jimdo.com